L'ÎLE

À tous les Enfants Explorateurs de notre monde.
Et, de notre côté, en particulier à : Mateu, Ona, Guillem, Noel, Abril, Aleix, Luca, Nico, Liam, Nara, Martí et Arturo.
À nos merveilleux parents.

Anna Casals et Paolo Ferri

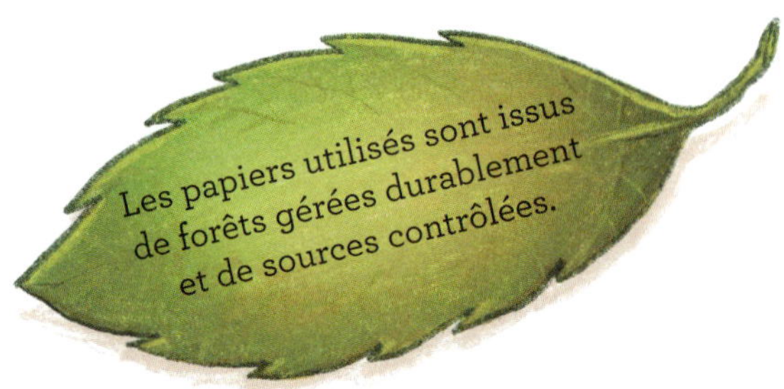

Publié pour la première fois en 2022 par
DESTINO INFANTIL Y JUVENIL
infoinfantilyjuvenil@planeta.es
www.planetadelibrosinfantilyjuvenil.com

Pour l'édition en langue française :
Traduction : Maëlle Mas
Adaptation de la couverture : Sophie Charbonnel

Loi n° 49-956 du 16 juillet 1949 sur les publications destinées à la jeunesse.

www.editions-akinome.com
ISBN : 979-10-96405-95-4

L'ÎLE

Anna Casals
Paolo Ferri

Illustré par
Cristina Bueno

Traduit par Maëlle Mas

JEUNESSE
AKINOME

Au centre de l'univers immense,
cachée parmi une multitude d'étoiles,
se trouve une planète étrange
et mystérieuse.

Il s'agit d'Azur, une planète sur laquelle il n'y a pas de terre mais uniquement un gigantesque océan qui la recouvre entièrement.

Du pôle Sud au pôle Nord, d'Est en Ouest, on ne voit sur la planète Azur que de l'eau.

Mais attendez une minute. Si l'on regarde bien,
en plein milieu du bleu profond, on distingue une minuscule touche
de vert et de jaune. Qu'est-ce que cela peut bien être ?

Une Île !
Isolée, fascinante et luxuriante.
Couverte de forêts impénétrables, de cascades impressionnantes, de falaises vertigineuses et de vallées embrumées.

Incroyable ! L'Île est habitée ! On y trouve de nombreuses formes de vie. Elle possède une épaisse végétation : de hauts arbres, des plantes aux feuilles énormes et aux fleurs semblables à des cloches. Des animaux de toutes espèces cavalent de part et d'autre. Des poissons sautent dans les rivières et le ciel se pare des couleurs d'une infinité d'oiseaux.

Si l'Île fournit de la nourriture et un refuge à tout ce petit monde, elle n'offre rien à personne. L'insecte le plus insignifiant et le prédateur le plus féroce doivent déployer des efforts d'ingéniosité s'ils veulent avoir le ventre plein et un abri où se reposer. Le soleil, la lune et les étoiles veillent sur l'équilibre d'Azur et de son unique Île.

Sur l'Île vivent aussi les mystérieux Enfants Explorateurs. Sans aucun doute la forme de vie la plus intelligente et la mieux organisée.

Les Enfants se débrouillent comme ils peuvent. Ils se nourrissent des fruits des arbres, de racines, d'œufs, et parfois, d'un peu de viande. Comme les autres animaux, leur mission quotidienne est de trouver de quoi manger et un endroit pour dormir.

Les Enfants Explorateurs vivent en petites tribus. Ils se déplacent à pied, sans se presser, explorant lentement chaque recoin de l'Île.

Ils sont tellement curieux et assoiffés de découvertes qu'ils courent sans cesse de grands dangers.

Ils vont ainsi de découvertes en dangers, et vice versa.

Comme s'il n'existait aucune autre manière de vivre.

Après avoir bien exploré l'Île, les Enfants se réunissent et se rendent compte que chaque tribu s'est spécialisée dans un domaine bien différent, en ayant acquis un certain niveau de connaissances. Une idée leur vient à l'esprit.

Aussitôt dit, aussitôt fait. Les tribus s'unissent pour construire leur village.

Il faut absolument avoir de quoi nourrir les habitants du village. La Tribu de la Nourriture étudie les plantes qui poussent dans les bois, en observant le cycle végétal depuis les graines, jusqu'aux fleurs et aux fruits. La tribu observe aussi le comportement des animaux, les cycles des saisons et essaye diverses techniques pour cuisiner les aliments.

Nous allons planter des arbres fruitiers et créer des potagers qui produiront tout au long de l'année.
Nous allons aussi construire des enclos pour les animaux domestiqués et former des groupes qui se chargeront de la chasse et de la pêche.
Hum... est-ce que je peux rester ici cuisiner, moi ?

La Tribu des Matériaux sait comment travailler le bois. Ses membres ont à leur disposition des arbres immenses et des forêts de bambous. Ils ont appris à fabriquer des outils, des huttes et des canoës. Très vite, ils se mettent à tailler la pierre et consolident leurs cabanes.

Regardez ces roches et ces minéraux.
Si on les approche du feu et qu'on les chauffe beaucoup...
... ils possèdent de curieux pouvoirs. Ils sont extra !
Ils deviennent liquides !
Oui !
Et après, on peut leur donner la forme que l'on veut.
Mais comment allez-vous casser cet énorme bloc de marbre ?
Regardez ! Grâce à ces cales en bois.
On mouille le bois, qui gonfle...
Et voilà !
Crac!

Les Enfants Explorateurs, pleins de sagesse, se sont rendu compte qu'avoir le ventre plein et un abri ne représente qu'une partie de la vie. Ils ont besoin de rire aussi, de pleurer, d'inventer des histoires, de peindre et de danser ! C'est là qu'intervient la Tribu des Arts.

Il était une fois des enfants très courageux qui prirent la mer à la recherche d'une autre île, et vous savez quoi... ?
Une autre île ? Impossible !
L'histoire finit bien ?

La Tribu des Sciences est la plus curieuse de toutes.
Ses partisans étudient les mystères de la nature, calculent ses proportions, observent les étoiles et les lunes, mesurent les marées et les tempêtes, font des expériences…

Comprendre ce qui nous entoure est fondamental.
Marie, un jour, parviendra-t-on à connaître les grands secrets de la nature ?

Le village attire de nombreux autres Enfants et se développe très rapidement.

Vous vous rendez compte de tout ce qu'on peut faire ensemble ?
Oui, en mettant nos savoir-faire en commun, on est capables de créer bien plus de choses.

Je te donne ce tableau, si tu m'aides à réparer le toit de ma hutte.
Si tu me donnes des œufs, je te fabrique une brouette.
J'ai une idée pour réaliser une meilleure canne à pêche. On va demander à Fred de nous aider.

Les tribus commencent à travailler ensemble, chacune d'elle mettant ses talents à la disposition des autres. Cette coopération permet d'obtenir des maisons bien plus belles et plus résistantes, d'innover en matière de préparations culinaires, de construire des embarcations sensationnelles et de créer de belles mélodies.

Mais elle donne lieu aussi à quelques désaccords et même à des disputes. Chaque invention contribue ainsi à rendre la vie des Enfants Explorateurs un peu plus facile. Pourtant, si les progrès sont considérables, ils doivent toujours travailler énormément pour obtenir quoi que ce soit. Le temps manque pour le chant et la danse…

Les tribus des Matériaux et des Sciences ont organisé une réunion. Shen et Marie ont quelque chose de très important à partager avec la communauté.

Vous vous souvenez des minéraux qu'on a trouvés sous terre ? Eh bien, il en existe que le feu lui-même ne peut pas faire fondre !
On a construit une cage et on y a enfermé le feu. Il est à nous !
Mais le feu ne se fâche pas ?
Bien sûr qu'il se fâche ! Il devient enragé et essaye de s'échapper ! Mais plus il s'énerve, mieux c'est, car on transforme sa colère en énergie. Nous allons vous expliquer.
MACHINE À VAPEUR
vapeur
piston
45°
eau
feu
charbon
roue de transmission

La machine qui utilise le feu fait fureur. À présent, chaque tribu en veut une pour rendre le travail plus facile et moins fatigant. Sur l'Île apparaissent des machines pour couper les arbres, pour soulever des charges, pour travailler la terre…

Cela semble si extraordinaire aux Enfants qu'ils inventent chaque jour une nouvelle machine. Ils n'arrêtent plus : au lieu de travailler moins grâce à leurs créations, ils continuent encore et encore d'en produire de nouvelles. Certains fournissent la matière première, les scientifiques, eux, recherchent des combustibles plus puissants… Même les artistes se mettent à utiliser les nouvelles inventions pour créer.

Les Enfants commencent à penser que tout ça est une chance, mais ils n'ont aucune idée de ce qu'ils sont sur le point de découvrir. En creusant, ils sont tombés sur un liquide noir, collant, gluant et malodorant. Puisqu'il faut perforer les entrailles de l'Île pour le trouver, ils le nomment « huile de roche ».

Ce matériau est surpuissant, c'est de la magie pure ! Dix fois plus efficace que le bois pour faire fonctionner les machines ; et on peut le transformer en tout ce que l'on veut, notamment en fils de n'importe quelle taille, pour fabriquer des vêtements ou des filets de pêche. Les Enfants ont également appris à faire de ce matériau des médicaments pour soigner les maladies, des produits nettoyants de toutes sortes… Et tout un tas d'autres choses qui, à défaut d'être utiles, sont très amusantes !

C’est une véritable folie.
Ils ne cessent de construire des machines, toujours plus de machines.

Des machines puissantes. Des machines qui fabriquent d'autres machines. Des machines capables de faire une multitude de choses… C'est fantastique !

Les machines leur évitent de la fatigue, mais elles sont exigeantes et voraces. Elles ont besoin de manger, d’être constamment alimentées en combustible. À présent les Enfants ne travaillent plus pour eux-mêmes, mais pour les machines. Des machines qui ne cessent de cracher de la fumée et de polluer.

Personne n'écoute ceux qui tentent d'attirer l'attention sur le danger qui les guette.

La dégradation de l'Île semble inéluctable.
De plus en plus d'Enfants s'en rendent compte.
La Tribu des Matériaux a découvert qu'il ne reste plus qu'une seule vallée arborée et que bientôt il n'y aura plus de bois.
L'une des Enfants annonce qu'il y a de moins en moins de pierres et de minéraux. La nourriture commence à se raréfier et les animaux en souffrent.

L'Île n'est plus en mesure d'alimenter tous les Enfants qui l'habitent.
L'équilibre parfait s'est brisé.

Les Enfants Explorateurs ont organisé une réunion d'urgence pour essayer d'enrayer la dégradation de l'Île.

C'est ça, oui, retourne travailler à la pioche et à la pelle !
Pas besoin de retourner en arrière, il n'y a qu'à faire différemment.
Nous avons des alliés très puissants, nous devrions compter dessus.
Oui, on peut utiliser la force de l'eau ou celle du vent pour faire fonctionner nos machines.
Et la grande puissance du soleil.
Vous avez peut-être raison.
C'est stupide de détruire notre Île. C'est comme couper la branche de l'arbre sur laquelle on est assis.

Les Enfants réalisent qu'il faut changer les choses. Ils commencent donc à utiliser leurs merveilleux cerveaux pour inventer un autre genre de machines : ils construisent des moulins à vent, captent les rayons du soleil, se servent du courant des rivières. Ils comprennent aussi que certains matériaux peuvent être réutilisés, et ils se décident à replanter des arbres.

Ça marche ! Les efforts déployés portent leurs fruits : la fumée se dissipe et l'Île semble aller mieux. La Tribu des Arts célèbre cette bonne nouvelle en beauté.

Cependant, chaque fois qu'une invention permet de protéger un peu l'environnement de l'Île, le désir de reprendre leur ancien mode de vie destructeur refait surface parmi les Enfants.

Et de fil en aguille, les Enfants semblent avoir bien du mal à se contrôler.

Avant, on pouvait inventer et créer tout ce qui nous faisait envie. Pourquoi ce n'est plus possible maintenant ?
Tu vois, ça ?
Quel est le rapport ?
Ce câble, c'est comme un cours d'eau. Vous vous rappelez quand on travaillait dur pour acheminer l'eau jusqu'au moulin et la faire travailler pour nous ?
PFIOU !
Oui, et... ?
À présent, c'est différent. Ce câble sert à transporter l'énergie de la rivière là où nous le souhaitons, et à toute vitesse. Nous n'avons jamais eu autant de puissance à notre disposition.

C'est génial, c'est comme si on avait des super-pouvoirs !
Tout à fait ! Imagine que tes bras soient d'un coup mille fois plus costauds que la minute d'avant.
J'adorerais ça !
Mais tu n'arriverais pas à contrôler ta force.
Est-ce que c'est comme le vélo ? Ça nous a pris deux mois à nous casser la figure avant d'arriver à l'utiliser.
C'est ça !
Donc, on est dans cette période d'apprentissage et, après, saura-t-on utiliser nos super-pouvoirs ?
Oui, mais il ne s'agit plus là de quelques égratignures, nous jouons le destin de notre Île.

Frida poursuit son explication et montre aux autres un tableau qu'elle vient de terminer.

Nous avons inventé et découvert beaucoup de choses en très peu de temps. Et nous devons apprendre à utiliser ce nouveau pouvoir que nous avons. À bien l'utiliser.
À l'utiliser sans abîmer notre Île, parce que c'est notre maison. Et nous n'en avons pas d'autre.

Maintenant, tout le monde a compris. La clé n'est pas d'accumuler les nouvelles inventions, mais plutôt de réfléchir à la manière de les développer et de s'en servir. C'est le secret ! Car chaque Enfant, avec ses compétences et sa grande sagesse, est capable de trouver la solution. L'Île n'est pas fichue, les Enfants ont tous les outils entre les mains pour parvenir à prendre les bonnes décisions. Et cela, sans l'aide d'aucune machine !

ÉVOLUTION DE L'IMPACT DE L'ÊTRE HUMAIN SUR LA PLANÈTE

DE QUELLE ÉNERGIE DISPOSAIT-IL AU QUOTIDIEN ?

- Celle de son propre corps, fournie par la nourriture
- Celle d'un cheval, d'un bœuf ou d'un âne, pour se déplacer, cultiver la terre ou transporter des choses
- Celle du vent pour faire tourner un moulin ou gonfler une voile
- Celle du feu pour cuisiner ou travailler certains métaux.

QUELLES RESSOURCES UTILISAIT-IL ?

- Des animaux et des plantes pour se nourrir et confectionner des habits
- Des terres pour cultiver
- Du bois, des métaux et de la pierre pour construire des maisons et des outils.

QUEL IMPACT POUR LA PLANÈTE ?

L'impact était faible parce que toutes les ressources étaient obtenues grâce à la main-d'œuvre et des outils manuels ; ou tout au plus avec l'aide de quelques animaux. De plus, même si l'être humain savait reconnaître et trouver divers matériaux, sa capacité à les transporter et à les traiter était très limitée et cela lui demandait beaucoup de temps et d'efforts.

CELA NE SUFFISAIT DONC PAS ?

Autrefois, l'être humain était bien plus en contact avec la nature qu'à présent, mais sa vie était dure, voire épuisante. C'est le désir de meilleures conditions de vie, mêlé à notre curiosité et à notre soif de connaissance, qui nous a menés là où nous en sommes aujourd'hui.

DE QUELLE ÉNERGIE DISPOSE-T-IL AU QUOTIDIEN ?

- Celle de son propre corps, fournie par la nourriture
- Machine à laver, ascenseur, lave-vaisselle, mixeur...
- Téléphone portable, ordinateur, internet, télévision...
- Voiture, train, avion...

Les machines que nous utilisons régulièrement fonctionnent grâce à l'électricité générée par les combustibles fossiles ou grâce aux dérivés du pétrole.

QUELLES RESSOURCES UTILISE-T-IL ?

- Tout ce qui existait autrefois, mais en bien plus grandes quantités
- Pétrole : pour produire de l'énergie, des plastiques, des médicaments, etc.
- Des métaux rares, mais indispensables pour faire fonctionner nos écrans, ordinateurs et téléphones mobiles.

QUEL IMPACT POUR LA PLANÈTE ?

Avant l'utilisation des machines, l'homme n'était qu'un "moustique", et les ressources qu'il consommait étaient immédiatement remplacées. La Terre remarquait à peine la présence humaine. Maintenant, à l'inverse, nous utilisons tellement de ressources que nous engloutissons en quelques mois ce que la Terre met un an à régénérer.

FAUT-IL OPÉRER UN RETOUR EN ARRIÈRE ?

Nous devons simplement apprendre à maîtriser les grandes inventions et découvertes et à écouter la planète qui nous héberge. Nous avons aujourd'hui beaucoup de pouvoir, et si nous n'y faisons pas attention, nous causerons à la planète un tort irréversible.

LES PERSONNAGES RÉELS QUI ONT INSPIRÉ LES PROTAGONISTES DE CETTE HISTOIRE

Mon personnage est inspiré par **FRIDA KAHLO**, une artiste née au Mexique en 1907.

Frida était une femme forte, indépendante et courageuse, mondialement reconnue pour son travail de peintre.

Enfant, elle a vécu avec sa famille dans la Casa Azul (la Maison Bleue). C'est aujourd'hui un musée qui lui est dédié. À dix-huit ans, Frida Kahlo a subi un très grave accident qui l'a obligée à rester très longtemps alitée ; c'est à ce moment-là qu'elle a commencé à peindre. Elle a épousé un autre artiste, Diego Rivera, et a voyagé dans le monde entier. Ses tableaux, très colorés, surréalistes et inspirés de l'art populaire de son pays, sont célèbres dans le monde entier.

Mon personnage est inspiré par **MARIE CURIE**, une scientifique née en Pologne en 1867.

Dès son plus jeune âge, Marie Curie a montré un vif intérêt pour l'apprentissage et la découverte. Elle adorait les expériences ! Plus tard, elle s'installe à Paris pour étudier et travailler. Elle est considérée comme l'une des plus importantes scientifiques du XXe siècle. C'est une pionnière dans l'étude de la radioactivité. Elle est la première à avoir reçu deux prix Nobel : un en physique et un autre en chimie.

Marie Curie s'est battue pour ses rêves. Comme elle le dira elle-même : "Dans la vie, rien n'est à craindre, tout est à comprendre."

Mon personnage est inspiré par **NORMAN BORLAUG**, un agronome né en 1914 aux États-Unis.

Norman Borlaug est considéré comme l'un des pères de l'agriculture moderne. Il a reçu le prix Nobel de la Paix. Ses recherches ont contribué à ce que l'on appelle la « Révolution verte ». Et ainsi, durant des périodes de famine, de nombreux pays en développement ont pu cultiver leurs champs.

Grâce aux travaux de Norman Borlaug, des millions de vies ont été sauvées.

Mon personnage est inspiré par **SHEN KUO**, né en Chine en 1031.

Shen Kuo a étudié de nombreuses disciplines, comme l'ingénierie, la physique et la géologie. Il est considéré comme le plus grand scientifique asiatique de tous les temps. Il a écrit un recueil de notes dans lequel il explique ses découvertes. Il a été le premier à parler de boussole, ou encore de « l'huile de roche » pour désigner le pétrole. Il a aussi prédit le grand impact que ce dernier allait avoir sur notre monde.

Très curieux, Shen Kuo était animé par une inextinguible soif de connaissance.

Dépôt légal : mars 2024
N° d'édition : 96405954-01
Achevé d'imprimer par Denona (Croatie)